생사를 뛰어넘는

우주의 뜨락

如泉 랑승만

八旬 기념 시집

JMG

국립중앙도서관 출판예정도서목록(CIP)

생사를 뛰어넘는 우주의 뜨락 : 랑승만시집 / 지은이: 랑승만.
-- 인천 : JMG(자료원, 메세나, 그래그래), 2015
152p. ; 145 x 215cm. -- (JMG 시선 ; 33)

인천문화재단의 예술표현활동 지원 출판 개인창작시집 발간
지원금을 받아 제작됨
ISBN 978-89-85714-72-3 03810 : ₩10,000

811.62-KDC6
895.714-DDC23 CIP2015017567

랑승만시집_ 생사를 뛰어넘는 우주의 뜨락

2015년 7월 10일 1판 1쇄 인쇄
2015년 7월 15일 1판 1쇄 발행

지은이 랑 승 만
펴낸이 김 송 희
펴낸곳 도서출판 JMG(자료원, 메세나, 그래그래)

우편 403-845
주소 인천광역시 부평구 하정로 19번길 39, B01호(십정동, 성원아트빌)
전화 (032)463-8338(대표)
팩스 (032)463-8339(전용)
홈페이지 www.jmgbooks.kr

출판등록 제2015-000005호(1992. 11. 18)

ISBN 978-89-85714-72-3 03810

※ 이 시집은 인천문화재단의 예술표현활동지원출판개인창작시집 발간 지원금을
받아 제작되었습니다.

JMG 시선 33

생사를 뛰어넘는

우주의 뜨락

如泉 랑승만

八旬 기념 시집

JMG

■ 自序

2, 3년 늦었으나 이제야 팔순 기념 시집을 인천문화재단의 창작지원금을 지원받아 <명 팔순 기념 시집>이 탄생되었도다.

나의 문학정신적 정신생명 부활의지가 있으니 시 한 편 쓰면 10년은 더 살고, 시 한 편 발표하면 20년은 더 살며, 시집 한 권 내놓으면 30년은 더 산다는 것이니 이제 이 팔순기념시집 탄생으로 30년은 더 살겠구나.

하하하…….

끝으로 실로 아름답게 명 팔순기념시집을 탄생시켜주신 도서출판 JMG(자료원, 메세나, 그래그래) 사의 임직원과 제주도에 살고 있는 아이들의 엄마 박연자 여사에게 머리 숙여 깊은 감사의 뜻을 드린다.

아울러 아버지의 팔순 기념 시집을 만들기 위해 고생을 많이 한 큰아들 랑 정 시인의 노고에도 감사의 마음을 보낸다.

팔순 기념 언어 잔치에 여러분을 초대합니다.

2015년 5월 22일
인천 연수동 여천암에서
여천 랑승만

■ 차례

제2부

간난이 恨

제3부

먼저 떠난 바람소리

제4부

놋그릇 이야기

– 1940년대 조선 사람의 하늘이었던 유기령별곡鍮器靈別曲

제5부

貧者의 하늘

제1부

생사를 뛰어넘는 우주의 또락

찬불가 · 참회합니다

제정 : 불교방송 찬불가제작추진위원회
작사 : 량승만
작곡 : 최영철
노래 : 조계사합창단
인천 : 약사사합창단

<1절>

부처님 부처님 자비로신 부처님
참회합니다.
부처님 크신 뜻 자비은총 저버리고
나만 혼자 잘되고자
탐진치에 젖고 젖어 불쌍한 내 이웃 굶주린 내 이웃
내 전생의 고통 받는 부모형제 외면한
백 겁토록 쌓은 죄업 지극 참회합니다.
악업 지면 지옥 가고 선업 쌓으면 극락 간다 방편 교훈
중생심에 끄달리지 않으면
이승에서 선업 쌓아 현세 열반 성불하세
삼독을 버리오니 용서하여 주옵소서.
올바른 합장으로
백팔 배 올려 비옵니다 굽어 살펴 주옵소서.

자비로우신 뜻 받들어
업장소멸 발원하옵나니
눈물어린 참회기도 어여삐 받아주소서
삼보를 받드옵고 육바라밀 덕행 닦아
일체 중생 부처처럼 모시리다
옴 살바못자 모지 사다야 사바하.

<2절>

부처님 부처님 거룩하신 부처님
참회합니다.
부처님 거룩한 뜻 중생 구제 저버리고
나만 공덕 받겠다고 불공 합장 잘못하여 그대 아픔
그대 눈물이
내 아픔 내 눈물인 줄 몰라
병들고 헐벗은 형제자매 공양 안한
백 겁토록 쌓은 죄업 지극 참회합니다.
동체대비 보살도를 익히고 또 익혀서 마음의 눈을 떠서
돈수 참회하오리니
연꽃으로 열어주신 사바세계 극락일세

이제 깨닫사오니 용서하여 주옵소서.
부처님께 향 사루어
새벽 기도 엎드려 올립니다 굽어 살펴 주옵소서.
거룩하신 뜻 받들어
중생 구제 발원하옵나니
눈물어린 참회기도 어여삐 받아주소서
삼보를 받드옵고 육바라밀 덕행 닦아
일체중생 부처처럼 모시리다
옴 살바못자 모지 사다야 사바하.

<3절>

부처님 부처님 고마우신 부처님
참회합니다
무명의 껍질 벗고 무명의 허물 벗어
살생 중죄 사음 중죄
망어 중죄 투도 중죄 오늘도 참회하여
크신 용서 바라오니 따뜻한 맘 보시하고 고통일랑 나누리다.
백 겁토록 쌓은 죄업 지극 참회합니다
마음 닦아 반야의 불빛 얻으면 지옥도 열반일세.

기쁨이 곧 번뇌이요 번뇌가 곧 기쁨인데
어리석음 버리오니 크신 자비 베푸시면
연등광명 밝히어서 불국정토 이루리니
이 새벽 대비하신 부처님께
두 손 모읍니다 굽어 살펴 주옵소서
고마우신 뜻 받들어
자비 정토 발원하옵나니
눈물어린 참회기도 어여삐 받아주소서
삼보를 받드옵고 육바라밀 덕행 닦아
일체 중생 부처처럼 모시리다
옴 살바못자 모지 사다야 사바하.

<시작 노트>

이 찬불가 <참회합니다>는 불교방송국 <불교방송찬불가제작추진위원회>에서 <1991 새 찬불가> 21곡을 제정· 발표하게 됨에 이어 작사를 의뢰받아 지은 찬불가로서 1992년 초에 호암아트홀에서 새 찬불가 제정 발표회를 열어 <음성공양>으로 조계사 합창단이 불렀었다.

내 생애에 길이 남을 작품이라 하겠다.

4월 初8日 부처님 오신 날과 저자의 행사 때마다 <음성공양>으로 인천 藥師寺 합창단 보살님들이 불러 주신다.

생사를 뛰어넘는 우주의 뜨락

나뭇잎 한 장 노을에 흔들리면 백 리 밖 강물이 넘쳐나고

나뭇잎 하나 바람에 떨어지면 천 리 밖 산자락이 들썩이고

천 리 밖 산자락이 흔들리고
강물이 넘쳐나고 하늘이 흔들리면
새의 날개, 꽃망울 하나, 구름 한 조각 풀잎이 흔들리고

아니 우리들이 마음이 흔들리고……

달빛 젖은 천강千江이 흔들리고
천강이 흔들려서 우리들의 마음이 흔들리나니……

달빛 잠긴 강물이 이윽고 잠을 자고
달빛 내린 산자락이 고요해지고

적멸의 기쁨이 내려앉아
자유로운 새의 날개가 깃을 접고
꽃잎이 고개를 수그리고 구름이 멈추고
우리들의 마음이 큰 자유의 강물에 잠기나니……

아, 한밤중 달빛 잠긴 천강千江이 춤을 추노니
아, 생사를 뛰어넘는 저 우주의 뜨락이 바로 여게인가.

<표제시>

생사를 뛰어 넘는 우주의 뜨락 / 랑승만
(2004. 월간문학 6)

불교의 연기론에서 우러나온 통합적 세계관을 미려한 언어의 붓으로 채색하고 있는 시적 풍경화이다.
어느 한 곳에서도 단절과 막힘을 찾아볼 수 없을 만큼, 모든 생명체들이 서로 호흡과 숨결을 주고 받으면서, 소통의 길을 열어간다.
죽음과 삶, 시작과 끝, 내부와 외부, 주체와 객체의 대립이 허물어져 있다. 독일의 시인 라이너 마리아 릴케가 말했던 <열린 세계>란 이런 세계를 일컫는 것이 아닐까?
생명을 가진 모든 것들이 <열린 세계> 속에서 <나>와 <너>의 구분없이 <유(有)>와 <무(無)>의 차이마저도 뛰어 넘고 있다.
시인의 표현을 빌리자면 그들은 <千江>의 <춤>에 사무쳐 있다.

——— 송용구(시인 · 독문학자 · 고려대 독문과 교수)

※ 출처 : 스마트 폰에서 기록된 작품에 대한 평가.

크게 고요하여 크게 깨닫고,
크게 生死를 뛰어넘음을 香火를 피우거라

–夢中佛事 · 大寂菴說話

마음으로는 이미 삭발을 했느니……
入山한 지 벌써 수십 년,
山이 열리고 江이 흘러
달빛 안고

千江으로 흘러간 꽃잎 그림자들
달빛 그림자처럼 떠오르나니……
어느 날 새벽 홀연히 夢中에
大悲하신 부처께서 나투시어
선몽으로 수기를 내리시니……
「大寂菴」이라 또렷이 쓰신
현판 하나 건네 주심이여,
크게 고요하여 크게 깨닫고
크게 생사를 뛰어넘음을 향화를 피우거라.
아, 놀래라.
지엄하신 부촉을 받아
고통 받는 중생들과 눈물과
아픔을 나누는 현장이 곧 彼岸이니,
다리를 저는 이
눈을 못 뜨는 이

이들 더불어 아픔과 눈물 나누며 살아라.
하시는 지엄하신 당부를 받들어
대적암 한 法堂을 開山해 부처를 모셔야 하거늘
늙고 병든 가난한 詩人
무슨 수로 암자를 창건할 수 있으랴.

누더기 겨울 누비 法服 걸치고
仁川 연경산 東林寺
'나 없음'의 絕對自由의 뜨락
안방法堂 청정 도량
白衣觀音 이쁘신 님 앞에
「大寂菴」 현판 한 조각 만들어 모셔 놓았느니…….
다시금 舞衣居士로 出家하여
대적암의 암주가 되었니라.
크게 고요하여 크게 깨닫고
크게 生死를 뛰어넘을 香火를 피우라신 지극하옵신
말씀을 내 영혼에 새기노라
千年이 흘러가도 어제가 아니오,
千年이 흘러와도 오늘이 아니로다.
千年이 흘러가면 내일일 것인가.

아 덧없고 덧없음이여…….

달빛 젖어
千江으로 흘러간
꽃잎 그림자들 크게 고요하여라.
아, 달빛처럼 떠오르는 千年의 노래여
늙고 병들고 가난하고
외로움이 나의 스승이나니
그로하여 더 텅 비고 큰 삶을
더 맑으니, 아무것도 갖지 않은 더 清淨한 삶을
더 넘쳐날 듯 줄기찬 삶을 열어가는
千江의 물줄기로다.
새 宇宙가 열리는 장엄한 새벽이로다.
달빛 같은 꽃 그림자들
千江으로 흘러갔음을 기억함이로다.
千江으로 흘러갔음을 기억함이로다.
눈부시게 그리운 님 白衣관음이셨던가.

일곱 살 적 어머님 가난이 얼룩진 치마폭에 떨어져
蓮꽃으로 핀 아롱진 눈물방울
피맺힌 눈물방울이었던가.

그 前生의 淑이, 콩나물무당의 딸 杳이, 피를 토하고 죽은 玉이의
관음 같은 얼굴이었던가.

그로하여 새 宇宙의 빛깔과 하나가 되더니……
나는 춤을 추노라.
宇宙 한 덩이 끌어안고
부처께서 내리신 지극하옵신 「수기」「大寂菴」 현판
머리에 이고,
허공 같은 마음으로 춤을 추며 울음을 터뜨리노니……
千江으로 흘러간 꽃잎 그림자들이여!—
그대들 그리운 모습을 모실
大寂菴 법당 絕對自由의 뜨락에서
덩실덩실 華嚴의 춤을 추며
나는 눈물을 흘린다.
宇宙를 휘젓는 바라춤을 추며
뜨거운 뜨거운 눈물을 쏟느니
아, 놀래고 기뻐라 거룩하옵신 「大寂菴」의 부촉이여!

장애인들 더불어 눈물과 아픔 나누며 절뚝거리며 살아온
반신불구 스무세 해의 萬行이 너무 기뻐 華嚴의 춤을 추노니.

임 그리다 굳어버린 관음의 노래

— 망부석

< 1 >

눈 덮인 골짜기라야
빨갛게 입술 깨물어 영그는
동백꽃망울의 흐느낌으로
피며 피며 아프게 피며
임 딛고 가신 한 줌 흙 속에
묻히지 못하는 외로운 넋이
골짜기에 쌓인 눈덩이를 밟고는
하늘을 움켜쥐며
토해버린 연연한 핏빛
까마득한 저승에나 마음을 묻어
소리소리 통곡하며
먼 데 손짓하여 부르는 소리
이토록 서릿발도 내리는 울한鬱恨을
끝끝내 풀지 못한 모진 업보業報를
어디메 계시랴 푸른 뫼뿌리에
구름이 되고 안개로 되어 오르네만
억 년을 녹아 흐르지 못한
얼음의 강江을 돌 속에 빚어 담그고
별 떨기 죽어가는 밤

바람 속에 영원永遠을 새길
아득한 이름을, 알뜰한 그 목숨을
발자국에 찍으며
언 나뭇가지 꺾어 가슴에 꽂아
피 토하는 소리 소리…….
하늘가에 닿을 듯 구름결에 젖어서
돌아오지 못할 끝없는 소리 소리…….
여기 임에게 띠우는 눈물 한 방울조차
핏빛 노을처럼 온몸에 흘러서
이 한 밤을 가슴엔 돌개바람이 일어
바다가 뒤집히고
뒤집힌 바다가 온통 동백꽃잎이 되어
흘러가는 그 곳이기
얼마나 먼 곳이기
이냥 비바람에 거슬린
마음 조각 하나 안으로 안으로만
굳게굳게 닫아걸고는
별만큼이나 많은 무수한 밤을
엉엉 울고 섰던 이 벼랑에
이제는 다른 새벽이 다가와서
임께 이르는 물결에

도로 굳어진 손을 적십니다.
가슴 찧듯 가슴 찧듯
바다에 던져진 돌팔매질이
어느 날이던가 그런 몸짓으로
치맛자락 휘날리며
선 채로 잠이 들어서
스스로 한 덩이 돌이 되어
바다에 뛰어든 꿈을 꾸었더니…….

<2>

무슨 짝에 무슨 짝에
환하니 목숨이 열리는
돌 속에서 목숨이 열리는
돌 속에서 임의 핏방울과
모진 숨결을 나누는
내 안에서 엉기는 임의 핏방울과
분홍빛 쓰라린 살을 섞는 꿈속에서
삼동三冬의 서까래에 매달려
돌고드름, 돌고드름으로 매달려

먼 산에 진달래 아롱대도
영 영 녹아내리지 못하는
돌고드름으로 매달려…….
산천초목山川草木이 온통 진달래 빛이어도
언 산에 돋아나는 돌고드름…….
강江 기슭엔 마른 갈대숲 소리만 찢어져라 자욱하고
달빛은 억새풀 숲속에 질펀히 퍼져
사랑 맺은 옷고름은
이 가지 저 가지에 걸린 게
몇 다발이나 되는지.
삼백 예순 닷새를 하루같이
꼬박 그 아홉 해를
기약하고 오신다던 그 벼랑에
보름을 못 채운 짚신 켤레가
쌓이고 쌓인 짚신 켤레가
저승을 넘다 말은 짚신 켤레가
까막까치 둥주리 된 짚신 켤레가
서낭당 돌무덤만큼이나 쌓인
짚신 켤레가 아홉 해 꼬박이면 몇 켤레가 되는지
저녁 까치가 울어대도
기쁜 소식인 줄인냥 하고

치마끈 질근 매고
허위단심 달려가
엎질러진 벼랑길
서낭당 뒷마당에
오동나무 잎새들만
머리칼 흩날리듯 떨어져 내려
가랑잎 구르는 소리마다
귀 익은 발자국 소리도 들려와
저승 가는 날의 상두꾼 소리로만 들려와
푹 푹 빠지는 이승의 늪 속에서
새벽닭이 울기까지
두 손 모아 먼동을 밝히고
가슴 속 물기슭엔 나룻배 닿는 소리
아예 들려오지 않더군요.

<3>

임 기다리는 허구한 밤
곧 끝이 날 법도 한데
산길은 꼬불꼬불

왜 이리 멀까.
한 허리 동여매여
구구구 산비둘기처럼
오동나무 석가래
그 추녀 끝쯤에 잉경 하나 달아놓고.
방긋 방긋 산꽃 몇 송이 피워놓고
한 천 년 살자던 초가 울타리
그 초가 울타리 밤낮으로 열려서
봄꽃 흐드러지게 피고
여름날 푸른 잎 돋아
가을 열매 거두어
삼동三冬을 다듬이 소리로 견디며
푸른 날 은장도銀粧刀로 허벅지를 찔러대고
졸음 겨운 이마를 호롱불이 꺼슬려
비바람 찬 서리 허리 아픈 아홉 해를…….
동구洞口 밖에 개만 컹컹 짖어대도
발끝은 어느새 문밖으로 내달아요.
새벽바람이 영창에 와 울부짖어
지붕이 떠나갈 듯 천둥 치는 날은
임 돌아오시기 하늘이 울어대는 게라고
가슴을 후둘기며 옷깃을 여몄구요.

버선코에 입 맞추고
옷고름 매주시던
화사한 손길은 어느 추운 땅
풀뿌리에 이슬로나 돋으셨는지.
불길인 듯 타오르다
자비로우신 돌부처로 웃음 지으시던
헌헌한 그 얼굴빛은
어느 노을 깔린 강기슭에
물거품이 되셨는지
가난한 두 손목 잡고
임과 둘이서만 강강수월래
앞마당으로 맴을 돌아 쓰러지면
가슴 안아 눈물 닦아 주시던
소맷자락
사랑 자욱 얼룩진 소맷자락은
어느 낯선 슬픈 마을 대추나무가지에
찢겨진 넋으로나 걸리셨는지
<빗속에 산山 열매 떨어지고
가을 등불 알 풀벌레 울어예네>
낭랑히 읊어주시던 옥玉 피리 같던
목소리 목소리 슬픈 목소리

무슨 극락極樂의 댓돌 밑
벌레소리로 죽여지셨는지.
밤길마다 죽음과 만나는 악몽에 홀려
오한으로 휘감기는 아랫도리를
허전한 가슴의 돌짝문門을
닫아 걸어주실 손길은 없이
문풍지 흐느낌대로
풀벌레 소리로 흥건해지는
베갯머리 베갯머리…….
앞마당 우물가 가랑잎 뜬 물사발에
별도 달도 떨어져
얼어붙고 얼어붙어
찬바람만 휭 하니 드나들고 드나들기
삼백 예순 닷새를 아홉 번을 더해서…….

< 4 >

앞마당 샘물을 퍼내어
정한수로 두 손 모아 퍼내어
손바닥이 갈라지게

두 손 모아 빌고 빌어
한 밤 중 오동잎은 흩날리고 흩날려
정한수 물사발에 그림자를 띄워대면
산도깨비, 서낭 귀신이
춤을 추며 호통을 쳐대도
마음 속 뜨건 심지 하나
꺼질세라 꺼질세라
우리 님 살아오시게
꺼질세라 꺼질세라
부처님 전 칠성님 전
두 손 모아 빌고 빌어
혀를 묻고 빌고 빌어
삭풍 부는 수자리 성城 자락이
얼마나 모질고 모질어서
저런 무릎 고추세워
정한수 또 한 사발,
한 사발의 정한수가
열 사발 백 사발에
삼백예순다섯 사발
삼천삼백 사발인데
두 손 바닥엔 죽은 달빛만

가득하게 흘러오고.

< 5 >

문설주에 기대서서 손마디를 꺾다가
버선발로 뛰쳐나가 돌부리에 허공치길
몇 백 번인 줄 아옵니까?
발목에 푹푹 빠지는 가랑잎들을
가슴에 안아서 세상밖에 던지기를
몇 천 번인 줄 아옵니까?
돌부처로 오시든가
미륵님으로 오시든가
멍울진 동백꽃 다시 피어나게
아지랑이 빛으로 돌아오시어
떨리는 무릎에 흙을 묻히라시면
댓돌에 머릴 부딪고 피를 흘리라시면
두 무릎에 진흙 묻히고 피라도 뚝뚝 흘리겠는데요.
가난하지만, 땅도 하늘도 없고, 울타리, 도둑도 없는
나라 하나 만드셔서
시녀侍女처럼 부리시다가 다시 버리신대도

목을 누르시고 손목을 치셔
옷고름 마구 끊어내시고
치맛자락 마구 찢어
시궁에 버리신대도
몇 천 년 뒷날에나 오실라는가 몰라도
정한수 물 사발 삼만삼천 번쯤 다시 떠놓고
꼭 그렇게 오실 날만을…….
학鶴처럼 훨훨 날아오시든
돌부처로 오시든가 미륵으로 오시든가
머리 풀고 머리 풀고
원귀怨鬼로라도 오시든가
마음 기슭 물결에 떠서
갈대 늪에 썩어가는 나룻배 한 조각
살을 깎아 닻을 달고
뼈를 깎아 삿대 저어
물길 천 리 저승 만 리萬里
벼랑 끝 세상 끝
나룻배 띄워서 옥玉피리 소리 부우연히
번지는 물길을 좇아
두둥실 두둥실 꽃잎처럼 갈 텐데…….
죽음 쪼는 갈까마귀도 날 불쌍해서

벼랑 끝 어디쯤에 다릴 놓아주겠지.
세상 끝 어디쯤에 다릴 놓아주겠지.
아 무슨 짝에 무슨 짝에
짚신 켤레 더미에 까막까치 울어대고
새벽닭 울기 전에 무슨 번개 쳤기에
먼동이 트기 전에 무슨 세상 끝났기
옥玉피리 소리 한 번 문득 하늘에 가득터니
두 손 모아 빌고 빈 벼랑 끝
치맛자락 휘날리기 석삼 년 아홉 해 날
몸을 던져 그 곁에 갈까 망설이던
설움의 벼랑 끝에
두 발 묶여 굳어버린 몸뚱이 언저리로
이제사 훈훈한 바람 한 조각
언 몸을 감싸시니
뜨겁게 엉겨 도는 핏줄기
이 핏줄기는 무슨 짝인가
서낭당 서까래가 널조각으로 동강나고
오동나무 밑둥이 불기둥에 거슬려
한 가닥 피리소리에
한 오락 아프디 아픈 피리소리에
새벽닭이 울어댄들 아니 떠나서

예서 아예 굳어선 채
임 부르라 하심인지.
풀뿌리 돌부리 얽혀서 마디진 자리에
다시는 나풀대보지 못할 옷고름 두 짝.

사랑 얼룩 주름진 치맛자락이
다시는 휘날려보지 못할
굳어진 한 오리 바람일랑 싸안고
관음觀音의 노래로 억겁을 부나니
나무대자대비관세음보살수주수진언南無大慈大悲觀世音菩薩數珠手眞言
나모라 다나 다라 야야 옴 아나바 데미아에시디 싯달데 사바하.

신금강경논소新金剛經論疏

< 1 >

새벽하늘을 비질하며 더러운 땅을 맑히고 한밤중 땅을 비질하며 하늘을 더럽히는구나. 뉘신가, 하늘이 땅이요, 땅이 하늘이라 말씀하신 이는……. 곧 새벽이 밤이요 또한 밤이 새벽인 것을, 바로 일러라…….
어젯밤 건진 달이 다시 물에 떴으니 어느 도적놈이 달을 훔쳐갔는지를……. 그 도적을 알면 부처요, 그 도적을 모르면 중생의 껍질을 벗지 못하리니 허나 다시 이러라, 밝은 달 하나 어느 놈 가슴팍 물 위에 떠 있는 가를. 네 놈의 가슴팍이냐. 이 놈의 가슴팍이냐. 밤이 물러가기 전에 새벽이 이미 열렸으며 새벽이 열리기 전에 이미 밤이 물러갔음이여!

< 2 >

아, 놀래라. 천 년쯤 지난 이 새벽에 기쁜 마음 하나 연꽃으로 열려 겨울 감기에 코를 푸노니 달 조각 하나 흘러나오는구나. 병든 가슴에 천 년의 연꽃이 피어나는구나. 물 위에 달이 흐르니 뭇 미친개들 몰려나와 짖어대는 저 지랄들을……. 콧방울 속 달을 보고 짖어대는 아, 아, 아, 거룩한 서른두 가지 상호 가운데 한 모습

그림이 이 늙고 병든 몸인 줄을 그대들은 알겠는가. 슬프다, 가련한 자들이여. 눈물 떨구고 황송하여 이리 돌아앉으며 달빛 잠긴 연꽃망울 하나 가슴에 품노니……. 하하하하하하하하하……. 이제사 하늘 한 조각 얻었는데……. 미친놈들 산자락에 그물을 던지고 바닷물에 화살을 퍼붓는구나. 어제 놓친 물고기도 잡고 사슴도 잡을 것인가. 그제사 한 병든 늙은이 가난이 배불러 옥피리를 불리니……. 어젯날은 천 년이요, 오늘 밤은 1만 년의 세월. 내일 새벽은 8만4천 년이리. 시작은 없는 겁으로부터 와서 인연 다하여 사대四大로 흩어질 끝도 없는 겁으로 다시 돌아갈 것인데 사뭇 도둑질들 해가며 뭣 좀 기름지게 먹었다고 이빨 쑤셔대고 배 두드리는 저 허망하고 불쌍한 허깨비들, 금강경이나 한 줄쯤 읽어보거라 남의 삶을 눈 흘길 일인가.

일체유위법一切有爲法이 여몽환포영如夢幻泡影하며 여로역여전如露亦如電이니 응작여시관應作如是觀이라. 가련코 불쌍코나. 마지막 입고 가는 옷엔 주머니도 없나니……. 형상 있는 모든 것은 허망하게 무너질 것인 줄을 깨달아야 그 진면목을 볼 수 있는 것을……. 멸치 꽁댕이 같은 중생의 목숨 멸치 꽁댕이로 가죽 껍데기에 기름을 채운들 천 년을 살 것이랴. 만 년을 붙들어 매랴. 어리석다 멸치 꽁댕이만도 못한 중생들이여 태어나기 전에 이미 병들어 늙어 죽었으며 해뜨기 전에 이미 밤이 밀려 왔음이여.

밤이 밀려가기 전에 어느새 새벽인 것을. 병들고 늙기 전에 헌옷 벗어 던지고 이미 한 생을 바꾸었으니 언제 병든 날이 있었고 언제 늙어간, 일월日月이 있었더냐. 이제사 일곱 살 눈 맑은 무구동진無垢童眞인 것을 무슨 미련, 무슨 아쉬움 남았으랴. 부모미생전父母未生前에 이미 한 번 육신 얻었다가 법계와의 인연 끝마쳐 한 생 다시 바꾼 청정육신이로다.

낙화

— 신반야심경

무슨 바쁜 죽음 기다리고 계시기
그리도 바쁘게들 떠나셨나

이 더러운 골짜기,
물상物象으로 찌든 중생들의 마음 좀 더 헹궈주시고

새벽이라도 한 뼘쯤 더 밝혀 주시고
떠나실 노릇이지

숨 막히는 먼지로 뒤덮여 캄캄한
이 사바의 벌판 내팽개치시고

어느 피안의 언덕에 무슨 아름다운 죽음 기다리고 계시기
그리도 바쁘게들 떠나셨나 삶도 죽음도 없는 땅인가 마르지도
젖지도 않는 벌판인가 높지도 낮지도 않는 언덕인가

이슬 한 방울의 반짝임도 부처의 광명이요,
바람소리 한 조각도 부처의 말씀 담기셨는데
부처의 발뒤꿈치라도 좀 더 씻어드리고

부처의 말씀 한 자락 더 들으시고
가만 가만 떠나실 노릇일 만한데
무슨 바쁜 죽음 있으셨기
그리들 바삐 슬픈 봄날을 두고 가셨는가

그곳이 그리도 기쁜 열반의 땅이셨던가
아, 진공묘유
색즉시공
무무무無無無의 바람소리만 남기셨구나…….
꽃바람이 이슬소리를 만나 열반의 열매를 맺었느니

제행諸行이 공적空寂이라
넉넉하고 훈훈한 무의 바람소리여
공空의 그림자여

이 땅에 던져주신 고마우시고 지극하옵신 허공꽃의 사무치는 향기일레.

풍경소리

나아아아 아아아 아아아……
너어어어 어어어 어어어……

애래래 애래래
애이 애이 에래래
에이 에이 에이
나 애이야 애이야 애이야
너 애이야 애이야 애이야

네 애이야 애이야 애이야

네 나아아아 네 나아아아 네 아아아……
네 너어어어 너 어어어 너 어어어……
네 너아아아 네 나아아아 네 나아아아……

강이 흐르고
달이 흐르고
산이 흐르고
바람이 더듬다 가고
애이 애이 애이…… 어이 어이 어이……
네네나 에네나

에레야 에레야 에레야 에레야
어이 어이 어이 어이 어이 어이
내나 내나나 내나나 애나 애나나 애나나
어 어 어…… 어 어어…… 어 어어……
동 동 동 동 동동 동 동동……
석가모니불 석가모니불 석가모니불
이냥 허공이 되어 발원하옵나니

마하반야 바라밀다심경
관재재보살 행심반야바라밀다시 조견오온개공도
일체고액 사리자 색불이공 공불이색 색즉시공 공즉시색
수상행식 역부여시 사리자 시제법공상 불생불멸 불구부정
부증불감 시고 공중무색 무수상행식 무안이비설신의 무색성향
미촉법 무안계 내지 무의식계 무무명 역무무명진
내지 무노사 역무노사진 무고집멸도 무지역무득 이무소득고
보리살타 의반야바라밀다고 심무가애 무가애고 무유공포
원리전도몽상 구경열반 삼세제불 의반야바라밀다 고득
아뇩다라 삼먁 삼보리 고지 반야 바라밀다 시대신주
시대명주 시무상주 시무등등주 능제일체고 진실불허
고설 반야바라밀다주 즉석주왈
아제 아제 바라아제 바라승아제 모지 사바하

아제 아제 바라아제 바라승아제 모지 사바하
아제 아제 바라아제 바라승아제 모지 사바하

사랑 어린
자비의 눈길로
바라보아주는 사람 하나쯤
어디 없을까.
나무대방광불화엄경 나무대방광불화엄경 나무대방광불화엄경
이냥 바람 한 조각으로 정진 공양하옵나니…….

세상에 태어나지 않은 여인을
귀신처럼 사랑하지 않아도 될 텐데
구름이 흐르다 가고
아 가을이여

나 아아아…… 나 아아아…… 나 아아아……
너 어어어…… 너 어어어…… 너 어어어……
구름이 흐르고
낮달이 흐르고
냇물이 흐르고

애레레 애레레 애레레
동동동…… 동동동…… 동동동……

바람이 흐르네.
달이 흐르네.
내가 흐르네. 네가 흐르네.

아, 마음이 흐르네.
아, 천 년이 흐르네.
아, 바람이 천 년을 흐르네.
아, 한 마리 새의 눈빛이 머물다가네
애래래 애래래 애래래
너 어어어— 너 어어어— 너 어어어—
나 아아아— 나 아아아— 나 아아아—
나무아미타불 나무아미타불 나무아미타불
이냥 구름 한 조각되어 해탈 · 열반을……
너나아— 두 손 모읍니다.
너어— 쟁쟁쟁 어레야.

雲門寺 가는 길

저 至極한 淨土의 꽃
후박나무 꽃망울은 아직 잎이 열리지
않으셨을, 쌀쌀한 안개 속인데
淸淨香氣는 벌써 이 百里 밖
구름門을 찾는 나그네 가슴에 젖어들어서
발길에 따사로이 닿아오는 慈悲로운 봄기운일레.

자그마한 표주박 하나 품고 가느니
'밝으시고 크신 별'로 뜨신
큰 스님 나오셔서 떠주실 맑고 밝은 둥근 달 하나

百里 저쪽 꽃구름 속 虎踞山 아지랑이로 피어오르는 하늘에
般若의 낮달로 떠서 손목을 떨리게 하누나.

어느 새 내 가엾은 넋을 씻어주고 가셨는가.
門 없는 門을 열고 맑은 물소리에 담겨
온통 마을 하나 적시고 빠져 나가시는
범종 소리의 莊嚴이여!

'너우니 마을'을 노래하신 이쁘신 스님
때 묻은 衆生을 불러주셨기

눈 푸르신 님들의 祈禱 소리로
내 캄캄한 煩惱 좀 씻고파
병든 영혼 표주박에 담아 들고
쩔뚝거리며 봄이 오는 들길을 가네.

아직 덜 떠난 추운 안개 몰아내는
慈雨에 흠뻑 젖어 花郎 같은 기쁨으로
新羅 千年의 들길을 가네.

慶尙北道 靑道郡 雲門面 新院洞
一然禪師 三國遺事 쓰시던
蓮華藏 뜨락을 찾아서
금당전 石燈을 마음에 이고…….

꽃의 열반涅槃

꽃이 죽어가는 길이
바로 아름다운 꽃길인데
꽃이 스스로 죽는 날은
이슬비가 내릴 뿐
울음 울지 않는다네.

노을 내리고 빗소리만
하늘 땅에 가득할 뿐
꽃은 울지 않는다.

꽃잎이 떨어질 때는
바람만 거세게 부는
장엄한 죽음의 시간이네.
장엄한 죽음의 꽃길

꽃이 피고 있던 땅이
이승이 저승이어서
저승이 이승(피안彼岸)임을
깨닫고 울음 울지 않는다네.

저승을 떠나 이승으로 가시니

우실 턱이 있으랴.
꽃 한 송이 이승으로 떠나며
이 땅의 온갖 꽃망울들
머리 숙여 피안彼岸으로 가심을 축복祝福하노니…….
우담발화優曇跋華 되어
꽃은 울음이 아닌
바람 한 줄기 남길 뿐이네.

般若의 山바람 물소리

바람이 불어온 듯싶은데
바람은 한 줄기 없고
바람 소리만 山허릴 감고 들린다.

물이 흘러왔는데
물줄기는 간 곳이 없고
물 흐르는 소리만 山허릴 돌아든다.

내가, 山으로
바람으로
물길로 다가가는데
나는 없고
山바람 소리 물소리만 들린다.

山바람 물소리를 들으며
山바람 물소리에 섞이면
내가 어디 山바람이 되는가
淸淨한 물소리라도 되는가.

그저 한낱 썩어빠진 가죽껍데기
흙 한 줌, 바람 한 조각, 불 한 덩이 물 한 움큼으로 돌아갈

그때나, 山바람 물소리가 될 것을……

오늘은 煩惱의 노래로나 흐느끼는
밤 노을 속에 눈감고 서면
山바람에 섞여 흐르고 싶어라.
물소리에 묻혀 흐르고 싶어라.

청정한 山 숲의 장엄한 푸르름이여
般若의 山바람, 물소리 따라 흐르면
華嚴世界에라도 이를라는가.

山바람이여, 華嚴의 山바람이여
물소리여, 蓮華의 물소리여
門 없는 門을 열고 흐르는
눈 푸르신 山바람 소리.

門 없는 門을 밀고 흐르는
눈 푸르신 山물소리.

山바람에 꽃잎 하나 뜨고
물소리에 꽃잎 하나 잠긴다.

아, 이윽고 山바람 소리도 없고
山물 소리도 없고
나도 없음이여…….

그대들은 귀가 있는가.
숫제 장엄하신 法音뿐일레.

둥 둥 둥 둥둥둥둥 둥…….
둥 둥 둥 둥둥둥둥 둥…….

제2부

간난이 恨

간난이 恨 · 1

— 빼앗긴 朝鮮의 숟가락

1944년 가을 어느 날 이른 아침
경성부京城府 신당동新黨洞 서천동西泉洞 162번지
간난이 여사 댁에서 생긴 일이라네.

간난이 여사 흰 앞치마 질끈 동여매고
가난한 장독간에 올라서서
한 손에 하아얀 조선朝鮮 사발 들고
된장 한 숟갈 뜨려는 순간
된장 한 숟갈 뜸뿍 뜨고 있던 참이었네.
느닷없이 일본 순경놈 벼락처럼 뛰어 들어와
간난이 손에 들려 있던
된장 듬뿍 뜬
조선朝鮮의 놋숟가락 나꿔채 달아나더라네.

일제 강점기
조선朝鮮의 하늘이 높이 솟아 울음 울던 시절
전쟁에 터뜨릴 포탄砲彈 만든다고
조선朝鮮의 조상님 소중한 밥그릇
놋화로, 상청喪廳에 모신 정화수淨華水 놋대접 젓가락 숟가락

몽둥이 닥치는 대로 쓸어가던 그 아픈 시절
이른 아침 숟가락을 빼앗긴 간난이
일본 순경놈 더럽고 징그러운
손끝이 스쳐간 손등 부끄러워
수세미에 잿가루 묻혀
손등을 씻고 또 씻어
가슴에 담긴 부끄럼 씻어 내리고
장독간에 주저앉아
앙앙 울음 토하셨다네.

한창 이쁨 뽐낸
봉숭아 꽃잎도 몇 잎
눈물 흘리듯 장독간에 떨어져
간난이와 같이 피울음 쏟는데
고추잠자리 한 마리
가난 덮인 마당으로 날아 들어와
맴을 돌더라네.

아 서러운 간난이 장독간의 한恨이여
아 서러운 조선朝鮮의 기막힌 아픔이었을레.

간난이 恨 · 2

간난이가 누구신가.
어느 분의 꽃다우신 이름인가.

새각시 분홍옷고름에 감추어진
부들부들 떨리는
지아비 손길에 열린
그 수줍은 옷고름의 주인
엄마의 어릴 적 이름 간난이.

뒷간 뜨락 봉숭아꽃 대궁에 달린
수줍은 꽃씨방울이 간난이이신가.

키가 꼭 짧달막하기 맨드라미 만하고
얼굴이 꼭 예쁜 골무만한 이가 간난이이신가.

新黨洞 西泉洞 162번지
밤빛보다 더 검게 반질반질한
靑孀의 손때 묻은 검은 항아리 우물 속
은빛비늘의 붕어 한 머리가 간난이이신가.
내 나이 일곱 살 적 살림살이이니

예순 해도 넘은 기막히게 서러웁던 西泉洞 눈물겨운 說話.
간난이 언니가 차려준
지아비 喪廳 앞에서
祭酒 따라 올리며
한 겨울 추운 가난을

달빛 같은 하얀 눈물로 떨구고
아이 아이 아이…… 우시던
간난이의 恨

신당동 서천동 가난의 골목배기
두더지굴 같은 서낭당굴 콩나물 무당이 남기고 간
부적종이에 간난이의 恨이 찍히고

草家 지붕 이엉에서 떨어지는
기생년 겨드랑냄새 풍기는 노래기 내음에 담긴 간난이의 恨
京城府 新黨洞 西泉洞 162번지
양철판 조각담 막다른 골목
수챗물에 떠내려가는 꽁보리밥알에 섞인 간난이의 恨.

간난이 恨 · 3

간난이, 어느 서방님 고임 받으시는
알뜰하신 이의 이름인가.
수줍어 고개 숙인 옷고름에서
솔솔 쌉싸름한 솔잎 향내나는 그 애기가 간난이인가.
달뜨는 밤에 옷고름 매만지며 눈물짓는
그 고우신 분이 간난이인가.
草家 지붕에 매달린 고드름에 얼어붙은
하아얀 겨울달이 간난이인가.

뒤란 장독간 된장항아리 고인 막돌에 얼룩진
꽃무늬가 간난이인가.

어쩌다 잘못 길을 잃고
마당으로 날아 들어온 까치 한 마리 나래죽지에 찍힌
간난이의 恨.

부뚜막 무쇠가마솥에 주인 없이 남겨진 안성놋그릇에
담긴 식은 밥 한 덩이가 간난이인가.

이웃집 玉이 엄마가 퍼다 준
무김치 그릇에 동동 뜬 김치 한 줄기가 간난이인가.

百結선생 엄마의 버선만큼이나 헤어진
가난구멍을 꿰매다 잃어버린 바늘을
눈물 같은 달이 빠진 우물 속에서 건지려는
간난이의 사무치는 恨

댓돌에 떨어지는 낙숫물 받아 저승가신 님을 따라
나서려는 듯
낙숫물 담긴 하아얀 고무신 한 쪽 노를 젓는 간난이의 恨.

설날 지아비가 쳐대는 떡판에 떨어지던 떡치는 소리
간난이의 가슴에 한으로 서려 천둥소리가 되고…….

草家 지붕 박덩굴너머 스러지는 白紙장 같은 하아얀 조각달
하아얀 박꽃에 숨어드는 걸 보고 가슴 쥐어 뜨는
간난이의 恨.

간난이 恨 · 4

내 일곱 살 적 간난이는
뒷간 옆 봉숭아 밭에
쪼글뜨리고 골무처럼 앉아 눈물지셨네.

간난이는
첫날밤 이부자리에 떨어진
부끄럽고 선한 핏방울 같은
봉숭아물을 낮달이 뜬 손톱에 들이며
눈물지셨네.

간난이는
처마 끝에 달린
초승달을 보고
가난한 옷고름에 서린
恨을 만지며 눈물지셨네.

간난이 울음은
외로운 喪廳에서 솟고

간난이 울음은
가난이 찌든 靑孀의 부뚜막에서 들리고

장독간 옆 봉숭아 밭에서 들려왔네.

간난이 울음은
어린 자식들 잠든 천정에서 빗물 떨어지는
방에서는 솟지 않느니

그래서 우리 엄마 간난이는
靑孀의 기나긴 세월
단 하루도 안 우신 날이 없으셨네.

간난이 恨 · 5

여덟 해 전 그해 閏달
오래 전 가신 간난이의 하늘을 열었었지
煩惱 깎여지고 벗겨져서 드러난
하아얀 연꽃 같은 觀音의 모습
茶毘로 다시 모셔 드렸느니
훨훨 타오르는 火宅의 불꽃에
煩惱의 얇은 껍질 다시 한 번 벗겨져
솔내음 솔솔 풍기는 옷고름 풀려
하아얀 낮달 되시어서
잃어버린 바늘 찾으러
하아얀 고무신짝 하늘로 노를 지으시여
물속을 걸어가시던 어머님의 하아얀 달.

간난이 恨 · 6

—엄마 생각

부뚜막 위
마른 누룽지 그릇이 간난이인가
喪廳에 공양 올린
정화수 잔물결이 간난이인가
부엌 우물 속 한 새벽 꿈결 같은 하아얀 달빛이
간난이인가
초가지붕 추녀 끝 허공 끝에 대롱이는
배 홀쭉한 어미거미가 간난이인가

西泉洞 미나리 밭에서
잠자리 잡다 들어온 둘째 놈 바짓가랑이에 묻은
논바닥 흙이 간난이인가

나의 엄마 간난이는 달빛보다 곱고
나의 엄마 간난이는 봉숭아꽃잎보다 붉고
나의 엄마 간난이는 부엌 우물 속 은빛 붕어보다 이쁘고
나의 엄마 간난이는 깊은 장롱 속 숨겨진 반짇고리
골무보다 작으셔서
치마폭이 언제나 오동잎 잎사귀만 하셨다네.

간난이 恨 · 7

—엄마 생각

달빛처럼 하아얗게 서러우셨던
간난이는 봉숭아 꽃잎으로 울음이 솟고
은빛 붕어처럼 입을 호물거리시고
골무처럼 앵도라지신 울음으로
정살문 같은 恨을 새기셨느니

간난이 恨은 봉숭아 꽃잎보다 붉고
간난이 恨은 은빛 붕어비늘보다 맑고
간난이 恨은 부끄런 골무보다 至純하셔서
간난이 恨은 하늘보다 땅보다 크고 크셨지만
간난이 恨은 하늘보다 땅보다 넉넉하셔서
그래서 간난이 恨은 푸른 구름을 두른
붉은 정살문이셨네.

간난이 恨 · 8

— 엄마 생각

간난이 恨은
깊은 새벽 부엌바닥에서 목물 감으실 적
백옥 같은 하아얀 살결에 돋아난
서럽게 푸르른 달빛으로
연꽃 내음 풍기시며
부엌 우물 속으로 곤두박질치는 울음으로 살아가셨네.
내 일곱 살 적 간난이 恨은 喪廳 앞에 엎드린
한 마리 노래기가 간난이셨던가

초가지붕 추녀 끝에 대롱이는
배 홀쭉한 한 마리 어미 거미가
내 일곱 살 적 간난이셨던가

가난한 靑孀의 뜨락
봉숭아 꽃대궁에 길을 잃고
놀러 온 하아얀 나비 한 마리가
내 일곱 살 적 간난이셨던가.

간난이 恨 · 9

— 엄마 생각

간난이 恨은
京城府 新黨洞 언덕바지에
지아비가 세운 朝鮮아이들 언문 가르치는 新黨學院
문지방 깎아내린 쪽바리놈들 지까다비 발끝에 서리고
간난이 恨은
쪽바리 지까다비 등살에 한숨 쉬고 떠나신
지극하신 지아비 머리꼭지에 서려서
간난이 恨은
마흔 해를 靑孀으로 살다가신 낮달로 뜨셨나니

아 그래서 간난이 恨은
봉숭아 붉은 꽃빛보다 서러운 낮달보다
부엌 우물 속 은빛 붕어보다
깊은 장롱 속 반짇고리 골무보다
서럽고 아름다우셨어라.
간난이 恨은
그렇듯 붉은 정살문이셨어라.

간난이 恨 · 10

— 엄마 생각

간난이는 서럽습니다.

먼저 가신 님 그리워
지아비 명복 비시러
탑골 승방 부처님 찾아갑니다.

서러운 가슴 안고
탑골 승방 가는 날은
비 오는 날입니다.

간난이는 서럽습니다.
아니, 비 오는 서러운 날만 골라서
허공 같은 푸른 가슴 안고
간난이는 서럽게 서럽게
탑골 승방 갑니다.

빗줄기에 섞여 들려오는
탑골 승방 범종소리 머리에 이고
언덕배기 오르는 간난이는
앙 앙 골무처럼 서럽습니다.

탑골 승방 부처님 무릎 앞에 엎드려
서방님 명복 빌며
골무만한 두 손 모아
비나이다. 비나이다.
우리 서방님 극락왕생 하옵소서.
비나이다. 비나이다.

불공을 올리고 나면
어느 새 빗방울도 멎어

탑골 승방 주지스님 뒤를 따라
지대방으로 들어섭니다.
보살님 오늘 저녁은 공양도 좀 드시고 넉넉히 쉬었다 가시죠.
네 스님 고맙습니다.
보살님 이렇듯 정성 지극하시니
바깥 居士님께서는 벌써 극락왕생하셨으리다.

네, 스님 고맙습니다.
스님만 믿고 내려가렵니다.
또 옵지요.

네 보살님 조심조심 내려가세요.
간난이는 서러운 눈물 감추고
골무만한 두 손 모아
법당 쪽으로 다시 고개 숙입니다.

얘 가자
엄마 따라 아버지 명복 빌러 온
둘째 놈 일곱 살 배기 손잡고
어둠 길 재촉합니다.
스님, 안녕히 계세요.

주지스님 동구 밖으로 사라지는
간난이 향해 두 손 모읍니다.

탑골 승방 부처님 가슴에
서러운 恨 쏟아 놓고 돌아온
간난이 가슴은 텅 빕니다.
간난이는 서럽습니다.
덩덩, 더어엉 덩덩덩.

간난이 恨 · 11

— 엄마 생각

간난이는 이웃집 영숙이 엄마와 짝짜꿍으로 숫제 붙어삽니다.
간난이는 외로워서
영숙이 엄마와 붙어삽니다.

하늘 같으신 지아비 떠나고
49재 모시고 난 다음날 저녁부터
이웃집 아줌마 얼굴 넙적한 영숙이 엄마와 붙어삽니다.

지렁이 크기 만한 열무김치 한 가닥 입에 물고 수다를 떠는
영숙이 엄마와 아주 살갑게 삽니다.

석박지, 물김치 떠갖고 오는 옥이 엄마도 형님, 아우하고 지내는
정겨운 이웃 아줌마입니다.

그래서 靑孀의 공규를 달래는 형님, 아우입니다.

간난이는 서럽지만
아이 아이 우시는 날이 줄어듭니다.
영숙이 엄마, 옥이 엄마 형님, 아우하며
우시는 날이 줄어듭니다.

간난이는 영숙이 엄마와 붙어삽니다.
그래서 외로움 달랩니다.

간난이 恨 · 12

겨울 찬바람에 얼어붙은
부뚜막 밥그릇

찬서리 내린 가마솥 밥덩이

부엌 우물 속 붕어새끼 뱃가죽
머리맡 자리끼 붕어 뱃가죽처럼 허옇게 얼어붙어
처마 끝 고드름으로 얼어붙어
氷河의 江流로 흘러, 삶도 죽음도 얼어붙누나.

가난의 초가지붕 낮달로 얼어붙은 간난이 恨
하아얀 호박 덩쿨 꽃빛깔로 얼어붙은
간난이 恨.

간난이 恨 · 13

그날 밤 간난이는 골무만한 아픈 가슴 여미고
대청마루 상청에 모신
서방님 영정 앞에 골무만하게 앉은 정화수 물그릇에
풍덩 몸을 던져 목숨을 버렸느니……
효녀 심청이 인당수에 몸 던지듯
골무만한 몸을 던져
정화수 맑은 물에 몸을 버렸구나.
몸도 던지고 마음도 던져
정화수 맑은 물그릇에 붉은 창살문 무지개로 뜨셔
연꽃 한 송이로 환생의 觀音보살 되셨도다.

간난이는 가난의 땟자국 얼룩진 검은 이불
뒤집어쓰고
골무만한 가슴 쥐어뜯으며
흐느끼신다 흐느끼신다.

제3부

먼저 떠난 바람소리

먼저 떠난 바람소리 · 1

먼저 떠난 바람소리
그 바람소리에 섞여
내 바람을 키워 왔느니
먼저 떠난 바람소리
아니 그리우랴

在森이
"울음이 타는 가을江에서
이제는 미칠 일 하나로
바다에 다와 가는
소리 죽은 가을 江을"
처음 보며
먼저 떠난
바람소리 되어
저 하늘에 맴돌아라.

언제 한 번은 불고야 말 독사의 혓바닥인 양
징그러운 바람이여
라고, 鳳宇가
그의 絕詩「休戰線」에서

독사의 혀 같은
징그러운 바람소리가
아직도 휴전이란
독사의 혀끝 같은 바람에
묶여, 겨레의 아픔을
소리 내어 우나니…….

먼저 떠난 바람소리 · 2

나를 키운 것은
8할이 바람이라 한 未堂
그 바람이 귀촉도를 울렸는데

눈물 아롱아롱
피리 불고 가신 님의
밟으신 길은
진달래 꽃비 오는 서역 三萬里
여서
바람 참 거세었겠구나.

먼저 떠난 바람소리야
구름 위에 떠서
노성벽력을 일으키네만
시인들 가슴 위에 서린
먼저 떠난 바람 소리는
뜨거운 언어 되어
심금을 울리느니

具常은
그의 絕詩 「江」에서

"바람도 없는 강이
몹시도 설렌다."
했으니
바람이 불었으면
마음이 죽었겠구나.

먼저 떠난 바람소리 · 3

뜬 구름 같은 허깨비 한 세상
貧寒한 바람으로 떠돌다가
하늘로 치솟나니,
어제 가신 바람소리
그리워
가신 님의 바람소리를
되새기며 마음 달랩니다.

박남수 어르신께서
그의 絕詩 「새」에서
"하늘에 깔아 논
바람의 여울 터에서나
속삭이듯 서걱이는
나무의 그늘에서나,
새는 노래한다." 하셨는데
그 새의 노랫소리 먼저 떠난 바람소리로
흐느끼는데,

너무 일찍 떠난 바람이신
전봉건이는
그의 걸출한 작품 「願」에서

"빛나는 바람 속에서 태양을 바라
꽃피고 익은 젖가슴을 주십시오."
하고 애타는 바람소리 남기시고
하늘 젖가슴을 향해 솟구셨구나.

먼저 떠난 바람소리 · 4

높새가 불면
당홍唐紅연도 날으리
라고 한 '한직'이

다시는 돌아오지 않을
슬프고 고요한
길손이 되오리 하여

자 가자
해가 지고 있다며
밤으로 밤으로

하루살이도 지구도
모두 그 길로 함께 떠난
'형기'

밤으로 가는 길
찬란한 노을 길에서
'한직'이와 '형기'가

하늘에 펼쳐지는
장엄한 출발 제전
높새바람 되누나.

먼저 떠난 바람소리 · 5

먼저 떠난
텅 빈 바람소리야
소란스럽고 넘치고 넘치네만
아주 높으시고 향기로운
바람소리는 드무나니……

선생질 하던
내 도타운
아주 먼 옛날 20대 때
明洞 바닥을 휩쓸던 술친구
冠植이 술싸움하다
팔을 다쳐
끙끙 앓고 누워 있는
자하문 밖 앵두골 바람소리

내가 한 살 위인데도
형님이라 부르라며 껄껄대던
바람소리 관식이
그가 바람처럼 누워 있는
다 쓰러져 가는 초가집을 찾아
서로 바람이 되어 앉아

술잔 부딪치던 바람 소리였는데
그의 고운 마나님 方여사를 남겨 놓은 채
술 주전자 끼고 너무 일찍 떠난
그의 이쁜 시<紫霞門 밖>에서 귀하신 높으신
바람소리 듣고
아쉬워 흐느꼈었네.
예쁜 골무 같은 마나님
木여사가 빨간 버선 신겨주어
두 번째 먼저 떠난 바람소리
祥炳이 갈 갈갈……
웃어 대며 막걸리
마시러 가자 소매 끌던
바람 소리 상병이
그의 絕詩 <갈대>에서
불어오는 바람 속에서
안타까움 달래며
서로 사무치게 바람소리로 바라보다가
아직 더러운 세상에 남아 있는
늙은 바람이 먼저 떠난 바람 소리
관식이와 상병이의
하늘 솟구치는 목소리 듣나니……

그대들 그 머나먼 하늘에서
반가운 빗소리 같은
소식 한 방울 없네만
그대들 두고 간 바람소리는
항상 내 곁을 감돌고 있으니 말일세.

제4부

놋그릇 이야기

― 1940년대 조선 사람의 하늘이었던 유기령별곡

놋그릇 이야기 · 1

— 1940년대 조선 사람의 하늘이었던 유기령별곡鍮器靈別曲

뎅그렁 뎅그렁 뎅그렁
아이고 아이고 아이고

쪽발이 먹구름에 짓눌린
조선의 하늘이 통곡을 하신다.

왜놈 발길에 짓밟힌
조선의 가슴이 울음 우신다.

간난이 고이시던 님
가신 님 지아비 상청喪廳
극락왕생 가시는 길
길 밝혀드리는 놋촛대
눈 부릅뜨신다.

놋그릇끼리 가슴만 부벼도
맑고 맑은 조선의 종소리 내시어
눈 부릅뜨시네.

어머님은 알고 계시죠.

西域三萬里
西域淨土
맑고 높은 하늘에 계신
간난이 어머니 잘 알고 계시죠.
1940년 그 무렵
경성부 신당동 서천동 162번지
아득한 세월 저쪽에 살던 그
일흔 다섯 해 전 1940년 그 무렵
신당동 가난한 언덕에
신당학원 세워
조선 어린이들에게
모자 보자기 면사무소가 있소.
우리 지극한 조선어 독본으로
조선말 가르치고
단군 할아버지 조선의 역사 가르치던
신당학원의 숭고한 역사의 문 열어
조선의 가슴에
꽃을 피웠는데
얼마 못 가 그만
일본 헌병놈들 탄압에 못 견뎌

신당학원 문을 닫고 말았지요.
간난이 어머니 지아비
그만 깊은 화병火病 드시어
하룻밤 아이고 머리야 하시고
눈을 감으셨나니
아이고 아이고 아이고
뎅그렁 뎅그렁 뎅그렁.

놋그릇 이야기 · 2

— 1940년대 조선 사람의 하늘이었던 유기령별곡鍮器靈別曲

뎅그렁 뎅그렁 뎅그렁
아이고 아이고 아이고

놋그릇끼리 살을 부벼도
조선의 종소리 내시어 눈 부릅뜨셨네.

어머니 알고 계시죠.
西域三萬里
西域淨土

멀고 먼 하늘에 계신
간난이 어머니 잘 알고 계시죠.
1940년 경성부 신당동 서천동 162번지
일흔 다섯 해 전 1940년대
지아비 상청에 모신
극락왕생 길 밝혀드린 놋촛대
저승 밥 저승 술 담은 놋그릇들
숭고한 놋촛대
쪽바리놈들 태평양 전쟁
막바지에 대포알 만든다고
공출이란 이름으로 마구 휩쓸어간

어기차고 눈물겨운 일들을
간난이 어머니 알고 계시죠.

공출 바구니에 거꾸로 처박히신
놋촛대 눈 부릅뜨시고
저승 밥 저승 술 담은
놋주발 놋술잔끼리
가슴 서로 부비며
서럽고 서러운 조선의 종소리를
남기고 떠나셨지요.

슬프디 슬픈
조선의 하늘을 향해
破顔大笑하는
놋대야에 발을 담그시고
한 많은 가슴을 쓸어내리신
왜놈 손길에 이끌려 간
놋대야의 너털 웃음소리여
뎅그렁 뎅그렁 뎅그렁

할아버지, 할머니

구수한 옛날이야기
솔 솔 피어오르던
황홀한 놋화로
왜놈 헌병 등짝에 매달려
울음 우시네.

어르신 진지 잡수시던
놋밥주발의 분노여
어머니는 알고 계시죠.
일흔 다섯 해 전
1940년 일제 말기
그 참담했던 일들을
가슴에 서린 놋그릇들 눈 부릅뜬
조선의 종소리 꺼진
그 참담했던 일들을 알고 계시죠.

뎅그렁 뎅그렁 뎅그렁
아이고 아이고 아이고
무참히 빼앗긴 조선의 하늘소리
놋그릇들이 남긴 종소리를
지금도 가슴에 품고 계시죠

뎅그렁 뎅그렁 뎅그렁
아이고 아이고 아이고.

놋그릇 이야기 · 3

— 1940년대 조선 사람의 하늘이었던 유기령별곡鍮器靈別曲

뎅그렁 뎅그렁 뎅그렁
아이고 아이고 아이고

쪽발이 먹구름에 짓눌린
조선의 하늘이 통곡을 하신다.

왜놈 발길에 짓밟힌
조선의 가슴이 울음 우신다.

일제 말기 태평양전쟁에서 밀린
왜놈들 대포알 만들어 간다고
조선인 아름다운 새벽노을
빛깔인
귀한 놋그릇과 쌀을
공출이란 이름으로 휩쓸어 가서
海東聖國 어진 백성
조선 사람들 밥을 못 먹고
밥 담을 그릇도 없어
굶주리고 굶주렸나니…….

어머니는 주린 배
치마끈 졸라매던 일을
잊지 않으셨으리……

그런 어느 날
간난이 엄마 놋숟갈 들고
장독간에서 고추장을
푸고 계셨는데
그때 마침 집안을 들여다
보고 있던
쪽발이 헌병놈 하나
사나운 군화발로 뛰어 들어와
간난이 손에서 놋숟갈을 빼앗아 뛰쳐나가니
쪽발이 헌병놈 손에 닿은
손목을 씻고 또 씻고
백 번 천 번이나 씻으며
앙 앙
놋그릇 소리를 내며 우셨구나.
아이고 아이고 아이고
공출로 휩쓸고 간
조선의 아름다운

새벽노을 빛깔인
놋그릇들
앙 앙 울며불며 사러져 갔나니……

쪽발이놈들 태평양 전쟁
치다꺼리로 끌려간
조선의 아름다운 새벽노을
빛깔인 황홀한 놋그릇들로
대포알 총알 만들었구나.
아 아 그런데 말씀이야
조선의 하늘 놋그릇으로 만든
대포알 총알이
연합군 쪽으로 발사되지 않고
그 자리에서 自爆하시니
바구니 쪽발이놈들 그 자리에서
모두 몰살했구나.

뎅그렁 뎅그렁 뎅그렁
놋그릇 鍮器靈이
부활하시어 일본놈들 몰살시키고
고귀한 놋그릇의 목숨

自爆하셨음이여

태평양 전쟁에서 밀린
쪽배놈들
대포알, 총알 만들고 남은
놋그릇들을 주워 모아
대륙침략의 선봉 왜놈장군
「노기마레쓰께」의
죽은 귀신 담은 '노기마레쓰께'신사를
南山에 만들어 세우고
고귀한 조선의 하늘
놋그릇들로 '노기마레쓰께'
말 탄 동상을 만들어 세웠나니
'노기마레쓰께' 동상의
목줄기에 달라붙은
조선의 놋그릇 鍮器靈이
노하시어
엉 엉 엉 서럽게 우셨나니
뎅그렁 뎅그렁 뎅그렁.

놋그릇 이야기 · 4

— 1940년대 조선 사람의 하늘이었던 유기령별곡鍮器靈別曲

조선의 아름다운 새벽노을
빛깔 놋그릇들이
鍮器靈으로
부활하시어

섬나라 마구니들 탄압으로
먹구름 덮였던 조선의 하늘에
그 어둠이 사라지고
유기령의 아름다운 분노의
소리가 새벽노을과 함께
깨어나시어
海東聖國 조선의 하늘이
영영 사라지기 직전
동터오는 조선의 새벽
노을빛깔로 살아나시어
햇살 밝은 놋그릇 빛깔로
살아나시어
얼어붙었던 조선의 가을이
아름다운 새벽노을
놋그릇 빛깔의 光氣를 받아

삼천리강토의 나무와 꽃이
슬프고도 아름답게
조선의 놋그릇 빛깔
새벽노을로 환하게 피어났느니

아 아름다운
유기령 환생하시는 노랫소리
뎅그렁 뎅그렁 뎅그렁
36년 짓눌려온
행동성국 조선의 하늘이
鍮器靈
성스럽고 기쁜 웃음소리로
살아나신
鍮器靈의 숭엄한 분노여
유기령의 눈부신 영험이여
위대한 海東聖國
조선의 하늘이 다시 열렸도다.
뎅그렁 뎅그렁 뎅그렁.

놋그릇 이야기 · 5

— 1940년대 조선 사람의 하늘이었던 유기령별곡鍮器靈別曲

뎅그렁 뎅그렁 뎅그렁
아이고 아이고 아이고

쪽발이 먹구름에 짓눌린
조선의 하늘이 통곡을 하신다.

왜놈 발길에 짓밟힌
조선의 가슴이 울음 우신다.

어머니는 알고 계시죠.
그 멀고먼 西域三萬里
西域淨土
하늘에 계셔도 그 참담했던
일들을 잊지 않으셨죠.

숭고하시고 거룩하신
유기령께서
마구니 야만족속
일본군 몰살시키고

동남아 어진 백성들
살려내신 숭엄한 일을……
어머니는 알고 계시죠
뎅그렁 뎅그렁 뎅그렁

이 세기의 역사적 사실이
장다리꽃 필 무렵의 일이었습니다.
장다리꽃이 조선의 새벽
노을빛깔
놋그릇 빛깔로
鍮器靈의 얼굴
살아 있음이여

뎅그렁 뎅그렁 뎅그렁
아이고 아이고 아이고

쪽발이 먹구름에 뒤덮였던
海東聖國 조선의 하늘
다시 환하게 열어주신
鍮器靈의
아름답고 눈물겨운 위력이여
뎅그렁 뎅그렁 뎅그렁
뎅그렁 뎅그렁 뎅그렁.

제5부

貧者의 하늘

반딧불

바람이 몰아치는 한밤에는 더없이 외로운 불을 밝히고 떠났다.

바람이 지나고 나면
무엇이 남는가.
바람 속에 섞여서
그는 무엇을 생각했을까.
바다와 같은 숲에선 나뭇잎이 파도를 치는 대로
가느닿게 열리는 길은 밝았다.

어느 잃어진 고뇌의 숲에서
그는 매일 밤을 그렇게 뛰어나와
별이 쏟아지는 강으로만
그냥 날아만 갔다.

—그리고 돌아오지 않는 숱한 별들의 이름을 묻고 그는 갔을 것이다.

한 뜨거운 목숨으로서
끝없이 방황하며, 비가 쏟아지던 밤에

어쩌면 굵은 비를 맞고
꺼져 간

조그만 우주의 불빛,

그 큰 우레 속에서
누구를 찾다가 그냥 갔을까.

바람이 몰아치는 한여름 밤에는 더없이
쓸쓸한 불을 밝히고 날아들 갔다.

목련 존자木蓮尊者

끔찍한 허리통증으로
입원하여 MRI 촬영을 하니
허리 디스크라 하네.

친절하게 소식을 전해 준
白衣天使에게 갖고 간
묵은 시집 한 권 전하니

"아, 시인이세요?"
하며 들고 온 스마트폰으로
검색을 해본단다.
그 즉시 랑승만을 찾아 검색을 하니
"한국 시단의 木蓮尊者"라
나온단다.

내 고희 기념 시집의
한 줄기가 나온다.
"아침 창문을 열어 새벽을 마신다.
아 저기 창가에 환한 얼굴 하나
이 아침 낮달보다 밝은
목련 한 송이 열려 다가오는

반가움이여."

간호사 白衣天使의 얼굴이
환한 목련이구나.
이건 숫제 늙은 가슴에 열리는
宇宙 한 송이 피어나는
기쁨일레.

내 詩의 독자들도
늙고 병든 詩人을 보고
한국 詩壇의 木蓮尊者라
好評하는데

韓國 文壇에선
병신 시인이라 외면하네.

왕따 시인 문단의 孤兒
신세일세.

木蓮尊者가 누구신가
부처님 在世時에

지옥에 떨어진 어머니를 구하러
지옥에까지 가시어 어머니를 구제하고
부처님의 설법을 듣고 꽃 한 송이 들어
벙긋 웃으신 염화 微笑로 유명한 부처님의 제자가
목련존자 아니신가.

목련비가木蓮悲歌

달밤엘랑 샘물소리로 저려오는
슬픔을, 어느 날에나 훌훌 벗어 던지고
그리운 이께 이 순백의 사랑을 쏟을 수 있나이까.

이제는 그만 이 素服의 무거운 業을 훌훌 벗어버릴 수 있아오리가.
백 년쯤 뒤에나 벗으라 하심이옵니까.

그대 계신 골짜기로 이 치맛자락 훌훌 벗어던지고
너훌너훌 사랑 한 번 피웠으면
달밤엘랑 슬프디 슬픈 사랑 한 번 뜨겁게 저절러 봤으면……

문정문정 살점 같은 하아얀 치맛자락 훌훌 벗어 던지고.

산과락山果落

빗방울 하나에 한 계절씩이
댓돌에 떨어져 가버리고
빗방울 하나에 나뭇잎 하나씩이
깊은 땅에 얼굴을 묻는다.
빗방울 하나에 열매 하나씩이
사랑을 피우다가 조그만 무덤이 되어가고
빗방울 하나에
온통 천지는 슬픈 물바다

나뭇잎들 져내리는 산열매랑
좀 훗날에나 지지
빗방울 후들기다 뚝 그치면
산은 저만치서 불빛 하나 밝힌 채
자비롭고
어디선가 슬쩍 불어와
스치는, 그리운 이의 숨결 같음이여
아, 모두 가고 없어라.

香을 사르며

마음 하나 사르어 님께 뿌리노니
서녘의 노을에 잠드는 이쁜이여
내 육신의 껍데기로 배 한 척을 만들어
띄우면
이녘 기슭으로 꽃잎처럼 흘러 오실라는가
발아래 흩어지는 꽃빛 울음이여.

울음

— 꽃빛 눈물

크신 임 앞에
무릎 꿇고 엎드려 있다가
두 손 모으고 일어서면
욱 하고 치미는 목이 메이는 가슴입니다.

나무아미타불 관세음보살

이 시간 굶주린 중생들은
무슨 허망한 영혼의
빈 쌀독을 긁고 있을까요

다리를 못 쓰는 이의 가슴에
무슨 새가 날아와
진하디진한 꽃빛 눈물을 흘려줄까요

크신 임 앞에 엎드려
두 손 모으며
욱 하고 그걸 참습니다.

고드름 · 1

아, 얼마나 무겁고 외로우신가.
한 방울 빗물의 업業으로
지푸라기 한 줄기에 매달려
천형天刑을 눈물짓는 그대 슬픔과 한恨을……

우리들 정겨운 가슴에 새기노니
한밤중 맑은 눈망울로
수정水晶처럼 빛나는 눈물 한 방울 떨구고
가난한 하늘가를 밝히는
얼음촛불이여……

이날 밤엔
반딧불 사라지듯
거칠고 억센 시멘트벽에 밀려
그 정情겨운 눈물을 볼 수 없나니……

사무치고 애달픈 그 고향의 밝은 등불
우리들 가난의 골목길을
수정 빛으로 밝힌
그 아리따운 천형天刑의 업業을 누가 이제
노래해주랴.

고드름 · 2

그르렁 그르렁
늙고 병든 가래 끓는 소리
창 밖에 흘러나와 시름 더하는
하늘소리로 풀리면

흘리던 눈물방울마저
꽝 꽝 얼어붙어
이제는 그대들 가슴에 매달려
흐느낌일레.

그 가난한 초가草家 지붕을
얼마나 사랑했기
이냥 눈물로 얼어붙어 달려 있느냐

그 가난한 민초民草의 추녀 끝
얼마나 더듬었기
손 시리도록 얼어붙은 아픔 하나 손마디 같은
사랑 한 조각씩 입에 물고
너를 바라보면
겨울밤 하아얀 조각달 하나
추녀 끝에 매달려 눈물지고 있음을……

해 한 덩이 지붕 위로 솟으면
아롱진 무지개 내 안에 잠긴다
황홀한 무지개 내 안에 비친다
눈부신 무지개 내 안에 뜬다, 뜬다.

발에 엮어서
달아드릴
골무만한 각씨방 영창은
어디 달려 있다더냐.

얼음꽃

천 년 묵은 동굴 속
뼛조각보다
묵직하게 달리는
석순처럼 피어나
가슴에 매달렸다가

봄날의 따뜻한 햇살 기다려
녹아내릴 한 낮의 꿈을
눈부신 보석으로 피우는
고드름 꽃 한 다발.

朝鮮의 달

1940년
조선의 하늘이
멍들었던 그 무렵,
가난한 조선의 마음이
물독에 가난으로 빠진
달이 흐르는 대로
흐느끼며 살아왔느니
달조차 흐느끼며 떠올라
서쪽 하늘로 빠져 가는데……

곶감

빨간 가을 목에 걸고
온 몸에 서러운 서리 발라
맑은 이슬 먹는다.

가을 햇살 머리 위에 빛나고
죽음 묻은 바람 펄럭여
입 안 가득
거듭 돋아나는 살내음
아, 입맛 달아라.

멀건 죽 한 술 입에 바른
망령 난 할아버지
손주 놈 깨물며 희희 웃는다.
애써 모은 전답田畓
투전으로 한 뼘 한 뼘 날려
하나하나 빼먹고
시름겨운 할멈 구박에
등이 휘였구나.

건시 모양 바짝 마른 입술에
막걸리 한 방울 바르고

술심부름이나 하는 투전판
뒷자리 한심한 개평꾼
말라비틀어진 감 한 조각.

장다리꽃 필 무렵

1940년대
경성부 신당동 서천동
미나리 밭의 노을이
피를 토하듯 미나리 밭에
귀신 머리로 내려
장다리꽃이 슬프디슬픈 나날을
끼니조차 거르고
장다리꽃처럼 노오랗게 물든
가냘픈 조선 누나의 얼굴이 되어
하늘을 우러러
울음을 토하는 저녁 무렵에

대동아 전쟁을 일으켜
악마가 된 일본 놈
동남아 어진 백성들
등쳐먹고 짓밟아 도륙을 낼 때
장다리꽃이 영양 실조된 조선의 누나처럼
노오랗게 피어
가냘픈 목 줄기 세워
버텨온 사무치는 목숨을
장다리꽃으로 야무지게 살아남아

조선의 배추밭들이
앞치마를 두르고 나선
조선의 누나들
장다리꽃 하나씩 꺾어들고
주린 배 치마끈으로 졸라매고
배추꼬랑이로 저녁 끼니를 때우고
배추밭에 나서면
배추밭에 남은 몇 줄기
장다리꽃들이 반갑게
슬픈 누이를 보고
슬프게 반기는 미소를 지으면
그 장다리꽃 피는 노을 밭에
어진 백성들의 만고역적
마구니 일본은 쓰러졌느니…….
이때가 장다리꽃 필 무렵
핏빛 노을이
슬픈 조선의 배추밭에 뒤덮여
기쁜 울음을 토했나니…….
아 슬픈 조선의 배추밭에
장다리꽃이 필 무렵의
경사스러운 노을이 내렸구나.

장다리꽃이 노오랗게 필 무렵
목 줄기 곧추 세워
기다리던 하늘.

1940년
일흔 네 해 전
西泉洞 미나리 밭의
노을이 붉게 물들어
내리던 날
높고 푸른 숭고한 하늘이 밀려와
마구니 먹장구름 뒤덮인
하늘을 밀어내어
조선의 하늘 살아났도다.

장다리꽃 필 무렵
그 해 어느 날 저녁
다른 억센 하늘이
海東聖國 조선의 땅을 뒤덮어
어진 백성들에게
끔찍한 아픔을 안겨준
검은 마구니 하늘을

뒤덮어 버렸느니
그 고마우신 淨土의 하늘이
먹구름 마구니 하늘을
짓눌러 버려
일본이 패망하여
그 먹구름 하늘이 물러갔도다.

장다리꽃이 피던 아, 그날.
조선의 하늘이 열렸도다.

진달래 먹고 물장구 치고

따 먹고 죽을 진달래 한 송이 피어날 산골짝마저
무너지고 썩어 문드러졌느니……

물장구 쳐댈 맑은 시냇물도 더럽혀졌구나.

어느 山골에 가서 진달래 꽃잎 하나 따 먹고 주린 배 채우랴.

어느 맑은 개울 찾아가
물장구 칠 맑은 물 한 줄기 만나랴.

맑은 山허릴 뚫어 도롱뇽도 말라죽어 갔는데
굶어죽어 개골창에 코를 막고 썩은 시냇가에 묻힐 판국인데

쌀이 넘쳐 난다는 풍년기근에 숨 막히는 시커먼 화통 소리에
千聖山 도롱뇽도 발길 끊겨 졸라매고 목을 졸라매야겠네.

진달래 먹고 물장구 치고
어느 맑은 山골에 가서 진달래 따 먹고 보릿고개 죽어 넘기랴.

어느 맑은 개울 있어 물장구 치고
어린 날의 기쁨을 찾을 수 있으랴.

千聖山 山골을 맑힐 도롱뇽도 모두 말라죽어간 숲길
예쁜 분홍빛 진달래도 모두 시들어 떨어져 내리고
맑은 시냇물 모두 더럽혀져 시궁창 되었으니

물 위에 떨어진 달 조각이나 주워 먹고
도롱뇽 지나다닌 맑은 숲길에 어리석고 허망한
무덤들만 쌓는구나.

오늘 아침엔 죽음의 진달래 꽃잎들 따 먹고 죽음의
물장구들 쳐대며 허우적거리네.

산허리 끊겨 도롱뇽 먹이샘 끊겨
진달래 빛을 잃고 너도 굶고 있으니
롱뇽아, 나도 한 철쯤 굶어야겠구나.
롱뇽아, 힘 내거라 진달래 필 날이 꼭 오리니 말이다.

이 아침엔 지율스님 따 드실 진달래 꽃잎 몇 잎이나
바람에 흩날려 갔는지 몰라라
롱뇽아, 눈물 거두어라.
진달래 먹고 물장구 치고
아 하늘이 진달래 빛으로 눈물 흘리누나…….

그 손님

그 책방의
맨 구석배기에
꽂혀 있던 '완전수업'이란 詩論集이
이곳에 틀어박힌 지
12년째가 넘는다.

오늘 새벽 나는
거울 하나를 줍는
꿈을 꾸었다.

그런데 이날 낮
그 손님은 바로
점심을 막 먹고
이빨을 쑤시고
담배 한 대
피워 문 시간에
쑤욱 들어왔다.

헌 책방으로 들어오자마자
시집 서적들이 꽂혀 있는
칸으로 발길을 옮겨

사랑 詩帖 '마리안느 네 곁에서 죽고 싶었다'
한 권 빼 드시네.

그 손님 그 시집 가슴에 품더니
아 그만 흐느끼시네.

오줌 한 방울

찔끔 찔끔 찔끔
시도 때도 없이
찔끔거린다.

전립선 비대증이란다.

찔끔 찔끔 찔끔
인생살이도 찔끔 찔끔
세상살이도 찔끔 찔끔
삶도 찔끔
죽음도 찔끔

키 쓰고 소금 받으러
이웃 할멈 찾아가야 할까보다

한밤중에도 찔끔
새벽에도 찔끔
백주 대낮에도 찔끔

오줌 한 방울에
거품이 구름처럼 일어나니
80평생이 거품이었던가.
거품만 이는 찔끔 찔끔.

눈 오는 여름

한 여름에
눈이 펄펄 날리는
기쁘디기쁜 風光을
가슴에 담네.

가슴에 쌓인 눈 더미에서
하아얀 꽃송이 하나
피어나 하늘로 날아오르네.

반갑고 반가운
하아얀 눈송이
내 가슴에 얼마나 쌓이려나.
둥 둥 둥.

貧者의 하늘

서쪽 하늘이 검게 물들더니
코를 풀게 하는 묵은 내음 나는
겨울 묵은지 한 포기 앞에 놓고
외롭디외로운 술잔을 드네.

서쪽 하늘이 비구름으로 꽉 차
흐르지도 못하고 막힌 하늘이더니
갑자기 쏟아져 내려온 천둥소리
貧者의 지붕 위에 慈悲로 내려
묵은지 한 포기보다 더 지독한
가난한 하늘 냄새 지붕 위에 감돌다
쏟아지는 소나기 한 줄기.

하늘과 땅이 맞닿은 곳에

하늘과 땅이 맞닿은 곳에
올 바도 없고
갈 바도 없는
길 잃은 목숨들이 서성거린다.
아홉 겹 하늘이
銀河에 걸려
北斗 별자리에
고드름 꽃 매달리면
어허 넘차 어허 넘차
空房 지켜온 八旬의 옷고름
기침소리 멈추나니…….

주인 없는 추운 방에도
봄은 오누나

하늘과 땅이 맞닿은 곳에
피어나는
아지랑이 같은 새 목숨들이여.

나 떠나는 날은 달도 울지 않으리

병신으로 살아온 인생살이
반평생을 반신불구로 살아온
부처께서 주신 몸을 다스리지
못한 눈물겨운 죄
누가 따뜻이 안아주랴

병신으로 살아온 반평생
지나는 나그네들조차
거들떠보지 않고
비웃음을 날리는데

나 떠나는 날
맑고 맑으신 달이
눈물을 흘리시겠는가.
울음을 우시겠는가.

나 떠나는 날은 달도 울지 않으리.

저녁 빗소리

늙고 병든 이들만 사는 듯한
쓸쓸한 마을
이름만은 아름다워
옥련玉蓮이라 부르네.

마을 가까이
짙고 푸른 山 봉오리
하나 솟아 있어
나무 그늘에서 솟아 나오는
뻐꾸기 소리 따라
저녁 빗소리 흔들기면
절뚝대는 발자국 소리에
저녁 빗소리
뻐꾸기 울음소리 따라오네.

내 하루의 기상도

나는 나는
하루하루를 키에르케고오르의 죽음 같은
외로움에 시달린다.

나는 나는 하루하루를
외로운 침상에서
누워서 지낸다.

다리를 못 쓰는 나는
나를 증오하며
나를 사랑한다
그리고 사랑과 증오의 시를 쓴다.

나의 아침은
언제나 맑게 열릴 것이다
나의 저녁은
나는 나를 언제나
미워하며 사랑한다.
나의 저녁은 그래서 언제나 우울하다.

가을 나들이

노인 장기 요양보험으로
나날이 봉사활동 해주시는
이 영실이란 보살님
도움으로 휠체어를 타고
세상 구경을 하러
바깥세상을 나갔었네.

반신불구 34년에
두 다리도 못 쓰는
80노구 이끌고
목숨 새로 태어나듯
세상길에 나섰네.

길 가는 사람들 만나
너무 반가워 인사를 던지고

사람 바글거리는 세상을 돌아
가을 잎 우수수 떨어지는
공원 끼고
꼬리가 바다로 뻗어나간 '청량산'
정자 앞에 머물러

잎 푸르고 울긋불긋한
숲 속을 엿보는데
언제 오셔서 기다리고 계셨는지
거기 반갑고 그리운
가을이 빨갛게 웃으며
나를 반겨주시더네.

아 이쁘신 가을이여
은행잎 하나 주워들고
가슴에 부비느니
가을이 눈물지시네.

'청량산' 깊은 골이
가을향기로 흠뻑 젖어
사람들의 발걸음마다
가을 향기로 펄럭이누나.

반신불구 34년에
두 다리까지 못 써
움직임 신통치 못한
외로움의 늪에 파묻혀

키에르케고오르가
죽음에 이르는 병이
'고독'이라 했던가.

키에르케고오르의 고독과
가을을 휠체어에 싣고
宇宙 한 바퀴 돌고
땅굴로 돌아오는 기쁨일레.

겨울비 소리

추우신가요.
가슴이 떨려요.

떨리시는가요.
가슴이 설레여요.

차라리 고요하신가요.
마음이 오히려 따뜻해져요.

겨울비 소리에
숨어서 우시는 달빛 한 줄기

온 宇宙를 아프게 적시는
춥디추운 나그네 구름소리.

머리 안 깎은 부처

영취산靈鷲山 나르바나 언덕 안마당에서였다.
석가모니는 따뜻한 햇살 받으며
미소를 지었다.

제자 브루노 尊者가 차를 다려드리고
제자 브루노는
머리 안 깎은 석가모니의
머리를 빗어 주었다.
삭발 출가 하루 전의 일이었다.
석가모니는 웃었다.
無名과 煩惱와 머리칼은
同質品性이다.
내일 머리를 깎아라.

브루노가 머리 안 깎은 석가모니의 얼굴, 초상화를 그려 남겼다.
참 인간의 얼굴을
그리고 머리를 깎아드렸다.

머리 안 깎은 석가모니의 참 얼굴
肖像畵 하나

우리 如泉庵에
모셔져 있네.

세상 寺刹에
앉아 있는 부처는
그저 단순한 미술품뿐인 것을.

그 이튿날 석가모니는
肖像畵 한 장 달랑 남겨두고
제자 브루노 손잡고 東이 트기 전
宮城을 빠져나갔네.
위대한 出家의 첫걸음 아닌가.

머리 안 깎은
참 인간의 석가모니 肖像畵
英國 大英博物館에
소장되어 있다는데
내 如泉庵에 또 한 장
모셔져 있는
名品일레라.

휠체어를 타신 부처님

저기 저 날아가는 새를
쫓아가거라.
날씨가 이리 좋으니
중생衆生들 마음도 한결
환하겠구나.
브루노 존자尊者 효강曉江 스님이
밀어드리는 휠체어를 타신
부처님 마음이 싱글벙글하신가 보다.

새가 어디로 날아갔느냐
저기 빨간 우담바라 꽃이 핀
미륵부처님 계신 '봉경사鳳慶寺'에 가서
'주광스님' 만나자꾸나
봉경사 뜨락에 가서 미륵부처님께
인사 좀 드리고 오자.
아니 아니 아니
저쪽 골목길이 좋겠구나.

담장 밖으로 얼굴을 내민
꽃송이들 아름다운
저쪽 골목길 꽃구경 가자.

이 늘어진 다리 좀 올려놓아라.
부처님은 우주宇宙 한 바퀴 돌아 휠체어를 세우시더니
아픈 다리를 올려놓으라신다.
그때 마침
건너편 저쪽에서
하아얀 할머니 한 분 산을 내려오신다.
부처님께서 손을 들어 인사하신다.
할머니 안녕하세요.
저 쪽으로 날아간
새 한 마릴 못 보셨는지요.
할머니는 그냥 하아얗게 웃기만 하신다.
휠체어는 이제 암자庵子 아래
잠시 쉬어 있다.

아주 밝고 맑은 날의 일이었다.

아밀리다阿密里多

나랏님께서 따뜻하시고
훌륭하시니 정사政事로
백성들에게 천곡天穀으로 단 이슬 내리시니

상서로운지고
불타의 교법이 중생을 제도함과 같아

온 백성이 배 부리고 먹고 단 잠 이루니
단 이슬이 머리맡에 한 사발이네

이쁘신 하늘공주
나라의 따뜻하신 어르신
백성들에게 배부른 천곡天穀을 내리시니
이것이 감로수甘露水 아니랴.

하늘에서 내리는 단 이슬
아밀리다阿密里多 한 잔씩 마시니
온 백성이 만세를 누릴 신선이 되누나.

아밀리다阿密里多 천주天酒를 마시며
온 백성이 천곡天穀을 먹으며
만세萬歲를 누리네.
아 감로수甘露水.

※ 아밀리다(阿密里多)
— 감로수(甘露水), 불교에서 부처님의 말씀과 가르침을 감로수라 한다.

■ 詩人의 에스프리

나는 詩를 씀에 있어 적어도 한 편의 시 속에는 서정적 이야기 式 心象의 뚜렷한 줄거리(內容)가 있어야만 시의 줄거리를 독자들에게 전달할 수 있다.

그런데 근래 쏟아져 나오는 시를 보면 여과濾過되지 않은 관념적인 단어 몇 개 얼버무려 꿰맞추어서 내놓는 것을 보면 실로 개탄하지 않을 수가 없다. 시에는 적어도 한 편의 이야기 심상心象이 들어 있어야 한다. 이는 시의 생명이다.

그 옛날 중국 주周나라의 공자公子가 쓴, 시론詩論의 위대한 고전古典인 시경詩經에 의하면 "일언이폐지一言以蔽之" 하고, 세대로 된 시어詩語가 아닌 것을 "사무사思無邪"가 없다고 했다.

공자의 이 '사무사'는 시를 생각하는 언어에 삿되거나 사특함이 없어야 한다는 뜻인데, 이를 오늘의 말로 풀이해 보면, 여과되지 않은 삿되고 관념적인 언어를 나열해서는 '사무사'가 될 수 없어 시가 되지 않는다는 뜻일 것이다.

그러니 시 한 편 쓰는 데도 나는 기도하는 마음으로 항상 시를 쓴다. 이런 삿되고 사특함이 없어야 '사무사'의 올바른 한 편의 시를 얻을 수 있다고 본다. 이 공자의 '사무사'를 능멸하고 외면하면 언어의 협잡꾼밖에는 될 수는 될 수 없다고 본다.

그저 남의독자의 환심을 사려고 독자에게 아첨하는 말과 알랑거리는 태도의 교언영색巧言令色하는 단어 몇 개로는 시가 될 수 없다.

아니 그것은 시의 절대가치를 능멸하고 우롱하는 일에 지나지 않는다.

공자의 '사무사'의 진리가 아니라 그대로 삿되고 사특한 단어에 지나지 않는다. 삿되고 사특한, 시를 모독하는 사이비 시인일 수밖에 없다. 그래서 시는 언어의 과학이다. 이것을 모르면 시가 될 수 없고 시인이 될 수 없다.

시 한 편 구성함에 있어, 시인의 영혼에 불을 살려 삿됨이 없고, 사특함이 없는 서정적 이야기 심상心象의 메시지가 확연히 표출되어야 한다.

그래서 나는, 시는 내게 있어 생명창조의 승화이며, 정신생명 부활의 영원한 화두임을 터득한다. 그래서 나는 언어의 생명력을 마시며 시를 쓴다.

나는 나의 시에서 맑고 강인한 생명력을 얻는다. 그래서 다음과 같은 문학적 신조를 탄생시켰다.

즉, 시 한 편을 쓰면 10년은 더 살고, 시 한 편 발표하면 20년은 더 살고, 시집 한 권 세상에 내놓으면 30년은 더 산다는 문학 정신적 정신생명 부활의지이다. 이는 내 시력詩歷 60년의 경륜이 터득한 진리이며 시의 등불이다.

그래서 내게는 끔찍한 재산이 탄생되었다. 내 인상적 삶의 무게로써 "외로움", "가난", "병고" 이 세 가지가 내게는 대단한 재산이다.

이 세 가지 재산이 있음으로써 오히려 힘이 되어 의지와 집념으로써 내 아픔과 한을 이겨가며 시로써 거듭난다. 이 세 가지 재산은 내게 있어 절대적인 스승이 된다.

불가佛家의 말씀에 번뇌 즉 보리菩提란 진리가 있다.

즉, 번뇌 그 자체가 큰 보리(깨달음, 지혜, 행복)란 것이다. 어째서 인간의 고통인 번뇌가 최고의 지혜를 얻어 행복을 터득할 수 있겠는가, '생사生死 즉 열반'과 같은 말로써 중생의 미견迷見으로 보면 미망의 주체인 번뇌와 각오의 주체인 보리가 전연 딴판이지만 깨달음의 눈으로 보면 두 가지가 그대로 하나이어서 차별이 없다는 것이다. 이것이 바로 나의 시력詩歷 60년의 경륜으로 터득된 시詩의 진리가 되고 있다.

그래서 시는 내 생명 창조의 승화, 정신생명 부활의 영원한 화두가 되는 것이다.

■ 如泉 浪丞萬 연보

1933년 서울 출생.

1956년 <문학예술>지에 詩 <숲>이 추천됨.

1959년 전국문화단체총연합회 인천지부 사무국 차장 역임.

1959년 동국대 국문과 졸업.

1960년대 <시단> 및 <영도> 동인 활동.

1962년 <현대문학>지에 詩 <高地에서>, <새> 등으로 추천 완료.
<경기매일신문> 편집부장, 인천문학협회 대표간사 역임.

1969년 <주부생활> 편집국장 역임.

1970년 한국잡지기자협회 회장 역임.

1972년 한국도서잡지윤리위원회 위원 역임.

1973년 <한국여행> 주간 역임, 삼성출판사 편집국장 역임. 한국현대시인협회 이사 취임.

1977년 <현대주택> 및 <현대여성> 주간 역임.
한국불교문학가협회 시분과위원장 취임.

1978년 제3회 대한민국 문학상 수상.

1980년 한국잡지협회 이사회 참석 후에 뇌졸중으로 쓰러져 반신불구의 몸으로 현재까지 36년째 투병생활을 하며 시 창작 생활에 전념하고 있음.

1983년 제2회 <인천시문화상> 수상.

1990년 제8회 <도천문학상> 수상.

1990년 장애인 및 재소자 돕기 <信友堂·浪丞萬 바라밀展> 개최.

1992년 한국장애인협회로부터 장애인돕기 공로로 감사패 받음.

1994년 한국불교자원봉사연합회 발기위원 및 이사. 인천지부 대표.
1996년 제2회 장애인돕기 <信友堂·浪丞萬 바라밀展> 개최.
1998년 국제펜클럽 한국본부 회원 및 남북문학교류위원회 위원.
2003년 제12회 행원문화대상 문학상 수상.
2014년 현재,
한국문인협회 중앙회원.
한국자유문인협회 이사.
신우당(信友堂) 장애인 불교문학회 회장.
<문예사조>지, <문예한국>지 편집고문.
반야시동인회 회장.
한국현대시인협회 상임고문.
한국문인협회 인천광역시지회 고문.
여천문학동인회 상임고문.
무애·양주동 박사 기념사업회 이사.
인천불교자원봉사연합대표.
한글문학회 인천지부장.
국제펜클럽 한국본부 자문위원.
한국불교 자원봉사연합회 이사 및 인천지부 대표.
한국불교서정시문학연구회 회장.
사설 <나눔의 집>·<독도>사랑민족정신선양회(가칭) 회장.
2015년 한국문인협회 고문으로 추대됨.

■ 如泉 浪丞萬 시인 저서(詩集) 발간 연표

1. 1970년 제1시집 <四季의 노래> 발간. (삼애사)
2. 1978년 제2시집 <北녁 바람의 귀순> 발간.
   (월간문학사)
3. 1981년 제3시집 <雨水祭> 발간, (수문서관)
4. 1981년 제4시집 < 恨·悲歌> 발간. (미문출판사)
5. 1986년 제5시집 <어느 해 가을의 해일> 발간.
   (청하출판사)
6. 1987년 제6시집 < 안개꽃 연가> 발간. (사사연)
7. 1988년 제7시집 <억새풀의 땅> 발간.
   (문학사상사)
8. 1989년 제8시집 <겨울이여 流刑의 겨울이여> 발간.
   (뿌리출 판사)
9. 1991년 제9시집 < 목련비가> 발간. (대한사)
10. 1992년 제10시집 < 이 따뜻한 슬픔의 시간에 목련꽃 한 송이>
    발간. (스포츠 서울)
11. 1994년 제11시집 < 般若의 山바람 물소리> 발간.
    (뿌리출판사)
12. 1998년 제12시집 < 淨土의 꽃> 상재. (도서출판 자료원)

13. 2002년 제13시집 고희기념시집 <달빛 젖어 千江으로 흘러간 꽃에 관한 기억> 상재. (도서출판 자료원)
14. 2003년 제14시집 <울음·山果> 상재. (들꽃 출판사)
15. 2006년 제15시집 < 꽃섬·독도의 울음> 발간. (문학 아카데미)
16. 2007년 제16시집 < 뿌리와 恨> 발간. (진원출판사)
17. 2009년 제17시집 <황폐한 집> 발간. (진원출판사)
18. 2011년 제18시집 <영산재·하늘 춤추어> 발간. (도서출판 깊은샘)

■ 如泉 浪丞萬 연락처

1) **도로주소 :** 인천광역시 연수구 원인재로 315길

2) **지번주소 :** 우편번호 21936
인천광역시 연수구 연수3동 533번지
연수주공1차아파트 106동 1020호

3) **전화번호 :** 032) 875-2878

4) **계좌번호 :** 국민은행 208-21-0034-307(랑승만)